Viktor A.King ©

登録商標

無断複写・転載を禁じます。

VIKTOR A.

KING

影のベール

V

【紹介】

魅力的なホラー要素と幻想の無限の想像力を組み合わせた「Veil of Shadows」の世界に足を踏み入れてください。この魅力的な物語は、超自然な存在、背筋の凍るような緊張感、神秘的な領域を織り交ぜ、読者に忘れられない読書体験を提供します。このプレゼンテーションでは、「Veil of Shadows」がホラーファンタジージャンルのファンにとって必読の要素と要素を探求します。

【キーワード】：ホラー、ファンタジー、
サスペンス、超自然、神秘的な領域

【あらすじ】：

「Veil of Shadows」は、読者を暗闇が支配
し、古代の力が目覚める世界へと運びま
す。この陰鬱な世界で、魅力的なキャラ
クターたちが最も深い恐怖に立ち向かい
、魂を飲み込む邪悪な存在と戦います。
次元間のベールが薄くなるにつれ、長い
間埋もれていた秘密が明らかになり、普
通の人々も非凡な状況に巻き込まれます
。

【テーマ】：

1. 闇の力：人間の本質の暗い側面と禁じられた知識への魅力に迫ります。 "Veil of Shadows"は、未知のことや超自然のことに対する私たちの好奇心に訴えかけ、恐怖の層を明らかにします。

2. 善悪の闘い：光と闇の力との間での壮大な闘いを目撃し、ヒーローたちが独自の能力を発見し、迫り来る闇と戦います。個々が極限に追いやられるときに生じる道徳的な複雑さを探求します。

3. 神秘的な領域と謎めいた生物：神秘的な領域を旅し、さまざまな超自然の存在に出会います。闇の中で待ち受ける恐ろしい怪物から、古代の秘密を解き明かす鍵を握る謎めいた存在まで、「Veil of Shadows」の世界は驚きと危険に満ちています。

4. サスペンスと緊張：主人公たちが危険な土地を歩き、謎めいた手がかりを見つけ出す息を呑むような瞬間に備えてください。大気に満ちた設定と巧妙なプロットの転換は、読者を緊張感のある座席に

釘付けにし、影に隠された真実を明らか
にしようとする切望を抱かせます。

【プレゼンテーション形式】:

「Veil of Shadows」は、英語で2週間ごと
に新しい章が発表される形式で発表およ
び出版されています。各インストールメ
ントは、物語を生き生きとさせる魅力的
なイラストと共に提供され、没入型の読
書体験を高めています。

【結論】：

「Veil of Shadows」は、ホラーとファンタジーの境界を曖昧にし、読者を魅了し、ワクワクさせる冒険に招待します。豊かに想像された世界、複雑なキャラクター、サスペンスと超自然の要素をシームレスに組み合わせた物語は、各章ごとに読者を魅了し、ワクワクさせることでしょう

第九章

電話がしつこく鳴りました。それは彼女の個人用の携帯電話で、まだ電源が入っていることに驚いた。

「もしもし？」彼女はためらいながら尋ねました。ほとんどの人が彼女の個人用の番号を知っていました。

「クリスだよ」と、向こう側からの声が聞こえました。

「ここにかけてこないで」と彼女は言いました。

「わかってるけど、ワクワクしてさ」

「やめて。後で話すわ。今は邪魔しないで」

「覚えていて」

「覚えてるわ」と彼女は答え、電話を切りました。

彼女は息を切らせていて、ヘンリーはそれに気付きました。彼は考え深げに彼女を見つめました。

「何か問題があるのか？未来を予測できるかのように投資しているし、外は19度しかないのに冬用の服を着ているし、髪をチェーンソーで切ったみたいだし、仕事中に電話を受けている。でもそれだけじゃない、神経質そうだ。君は決して神経質じゃない。穏やかで陽気で、確かに衝動的ではない」とヘンリーは観察し、彼女を強く見つめました。

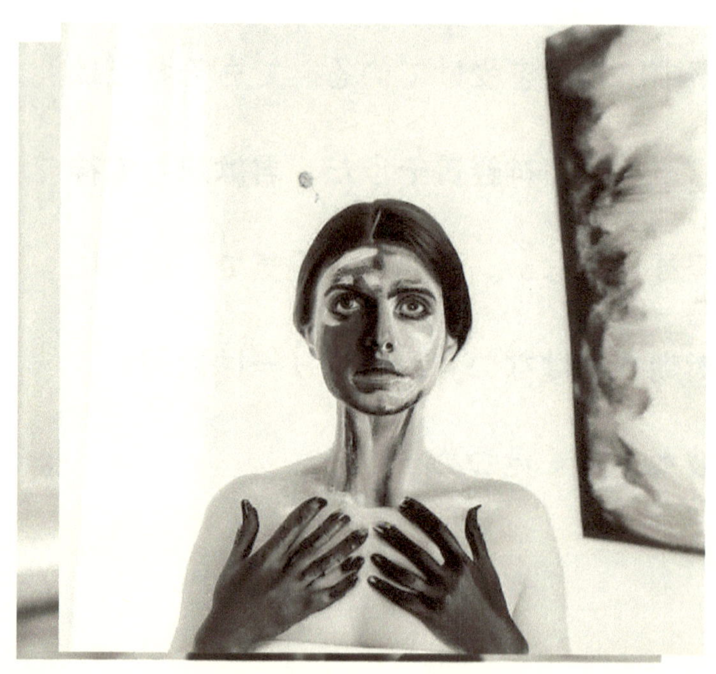

"ストップロスがトリガーされ、注文がク
ローズされました。2つ設定していて、も
う1つは幅広です。それは11:00まで保持
します」と彼女は説明しました。

「君のお金じゃないよ」と彼は言いまし
た。

「本当だよ、ヘンリー、本当だよ。さあ
、リラックスしましょう。私は4時間のス
テュオキャスティックトレンドを見てい
ます。上昇しており、午前9時です。確か
に、11時まで上昇し続けるでしょう。も

ちろん、いくつかの変動があるかもしれ
ませんが、基本的には上昇しています。
ピークの最小値と最大値は増加していま
す。そして、0.1ポイントごとにストップ
が更新され、価格に追従します」

「それはスキャルピングだ」

「はい、この過去2日間、内部者情報を得
ました。私はそれを知っていました。巻
き込むのを避けるためにあなたに伝えな
かったことを申し訳なく思っています。
さあ、気楽にいきましょう、わかりまし

たか？内部者情報が信頼できると確信が持てるとき、あなたとも共有します」

「いいえ、結構です」とヘンリーは不機嫌そうにドアに向かって言いました。

「今日は美容師との予約がある...」

「いいね。稼いだお金で、良い髪型を楽しむことができるよ」

彼はモニターに戻りました。S&Pはその執拗な上昇を続けていました。彼女の首は痛く、携帯電話のディスプレイにメールの通知が表示されました。

マイケル。

「昼食？」

たった1つの言葉。感情が彼女の顔に満ち、彼女の心臓は力強く鼓動し、彼女の胃は奇妙にねじれました。

彼女はゆっくりとタイプしました。「は
い、こちらで12:00に？」

彼女は数秒間、返信を待ちました。

「もちろん。」

この男とは、言葉は不要で、空っぽの部
屋の飾りのようなものでした。彼と一緒
にいると、彼女の相手は異なりました：
彼女の心と魂。彼は隠されたものや計り
知れないもの、たとえそれがナタリー自
身にとってもであるかどうかを読み取り
ました。彼はそれを読み取り、思考の語

彙でそれを解釈しました。彼は考え、彼女を想像しました。思考は反射し、現実は静かな水面の円状の波のように定義されました。

彼女は書きました、「今日はどれくらい？」

朝の指数取引を指して。結局、彼はプログラムからエントリーごとに確認を受けました。

「たくさん。」

彼女は小さな赤と緑のヒストグラムを見ました。少し下向きに曲がっています。

彼女は両方のポジションをクローズしました。彼女は自分自身の獲物でした。静寂と時計の遅いリズムが彼女を包み込みました。彼女は机に頭を置き、それは冷たく、少し安心感を感じました。

彼女は目を開け、周りのすべてが白かった。床も壁も天井も次元もない。すべてが白で、彼女自身も完全に白で身を包んでいた。顔だけが露出している部分でした。おそらくポリエステルのスーツが彼

女を完全に包み込み、髪を保持していま
した。彼女は一瞬動かずにいました、自
分の白い手を見ながら、それは壁、床、
天井の白に溶け込み、ほとんど消えてし
まうように見えました。彼女はゆっくり
と回りを見回しました。彼女は観察しよ
うと一生懸命になりましたが、彼女の周
りには白い虚無しかありませんでした。
彼女の輪

郭はほとんど白い次元と一体化し、自己
をキャンセルしてしまいました。

**「ここにいたくない、オフィスに連れて
行って！」**

彼女は白い壁から反響する彼女の叫び声を待ちましたが、次元が変わるのを待つのに1分間何も起こりませんでした。

声が近づいてきました。おそらく言葉のように変調された声でした。彼女は動かずに聞いていました。

「許してください」と声が言いました。

彼女は集中しようと目を細めました。彼女は一歩踏み出すことを恐れ、落ちることを恐れていました。中断された感覚がパニックにエスカレートしていました。

彼女は反射的な白い素材で完全に覆われた姿をぼんやりと識別しました。ほんのりとした明暗が口の輪郭に見えるようでした。その姿は一色の次元に溶け込んでいるように見えました。

「あなたは誰ですか？」と彼女は尋ねました。

「あなたは知っています」とその姿が答えました。

「いいえ、私は知りません、くそったれ！私がオフィスにいたのに、なぜ私がこ

の混乱の中にいるべき理由を知っている
と思うんですか！」

「私はクリスです。」

「こんなところで電話しないでください
。」

「はい、わかっていますが、興奮してい
ました。」

「やめてください、後で話しましょう。今は邪魔です。」

「私を覚えていてください。」

「私は覚えています」と彼女は言い、電話を切りました。ヘンリーは彼女が息を切らせているのに気づき、彼女を熟考しながら見つめました。

「何か問題でもあるの？」ヘンリーは彼女を見つめつつ言いました。「まるで未来を予測できるかのように振る舞い、19度の日に冬服を着て、チェーンソーで髪を切り、仕事中に電話を受けています。

しかし、それだけではありません。あな

たは神経質です。あなたは決して神経質

ではありません。あなたは平和な性格で

、陽気で、何よりも衝動的ではありませ

ん。」

"ストップロスがトリガーされ、注文がクローズされました。私は2つ設定しており、もう1つは広いものですが、11:00まで保持します。"

"あなたのお金ではありません。"

"本当です、ヘンリー、本当です。今はリラックスしましょう。私は4時間のストキャスティック指標トレンドを持っています。上昇しており、午前9時です。間違いなく11時まで上昇トレンドになるでしょう。もちろん、いくつかの変動がありますが、一般的には上昇しています。高値と安値が上昇しています。そして、0.1ポイントごとに、ストップが更新されて価格に追従します。"

"それはスキャルピングですね。"

"はい、この過去2日間で情報を手に入れました。分かっていました。あなたを困らせないために教えなかったことをお詫び申し上げます。さあ、ゆっくり行きましょう。情報が信頼性があると確信したら、あなたと共有します。"

"いいえ、結構です", ヘンリーはイライラして部屋を出る用意をしました。

"今日は美容院の予約があります..."

"いいですね、あなたが稼いだお金で、良
い髪型を楽しむことができます。"

彼女はモニターに向き直り、S&Pは容赦
なく上昇し続けていました。彼女の首が
痛く、スマートフォンのディスプレイに
メールの通知が表示されました。

マイケル。

"ランチ？"

たった1つの言葉。彼女の顔に感情が込み
上げ、心臓が激しく鼓動し、胃が奇妙な
ねじれを感じました。

彼女はゆっくりと入力しました。「はい
、こちらで12:00に？」

彼が返信するのを数秒待ちました。

"もちろん。"

この男性と一緒にいると、言葉は不要で、空の部屋の余分なもののようで、無駄などたばたきですらありませんでした。彼と一緒にいると、他にも会話相手がいました - その心と魂です。彼は隠され、測り知れないものを読み取り、ナタリー自身も知らなかったことを読み取り、思考の言葉で解釈しました。彼は考え、想像し、彼女を。思考が跳ね返り、現実は静かな水面の中で円形の波のように定義されました。

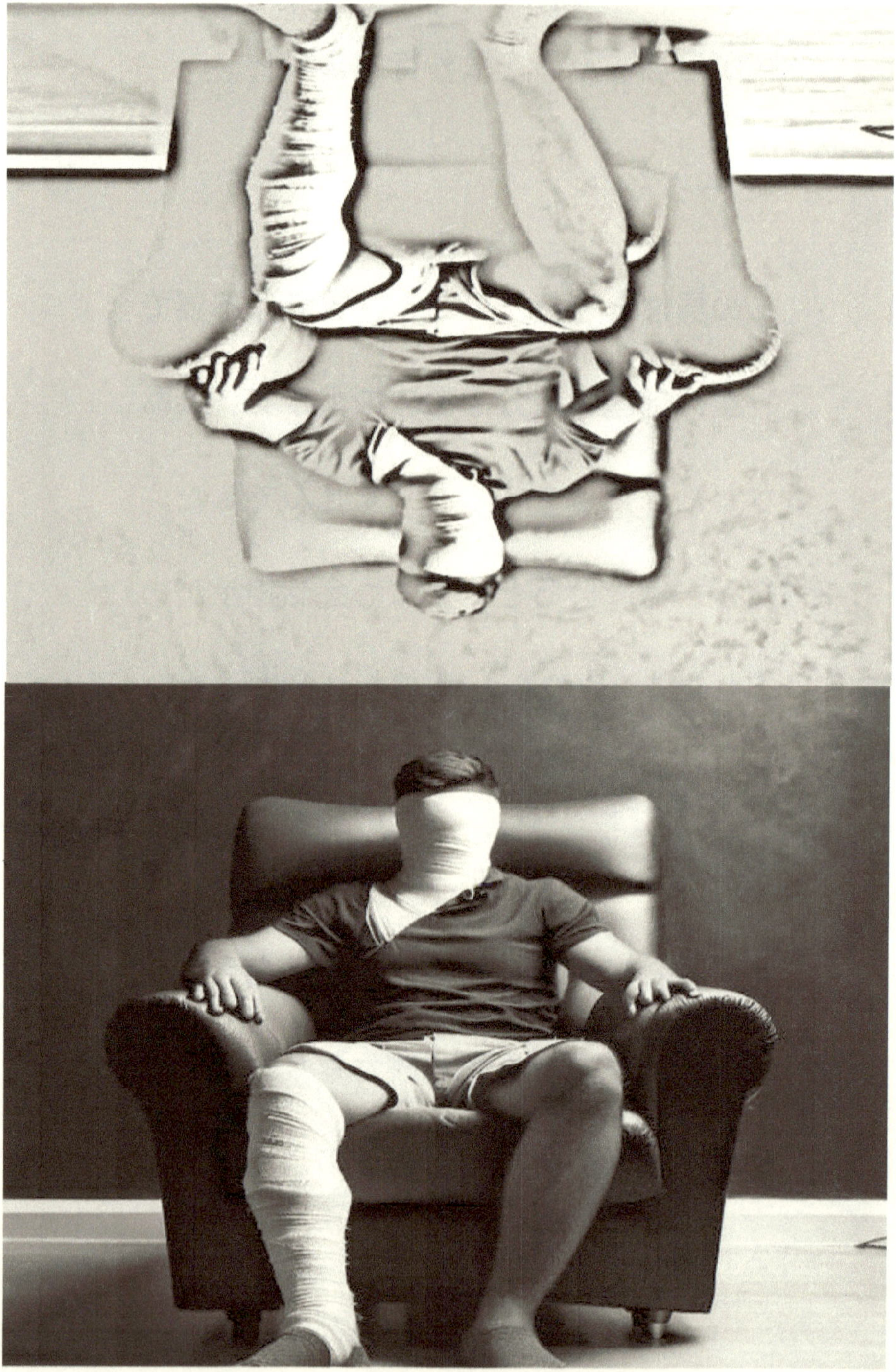

彼女は「仕事？」と書きました。

「喜び。」

彼女はシャツの下で乳首を硬直させ、興奮と緊張に包まれていた。

「今日はいくら？

結局、彼はエントリーするたびにプログラムから確認を受けた。

「とてもたくさん」。

彼女は赤と緑の小さなヒストグラムを見ながら、わずかに下を向いた。

彼女は両方のポジションを閉じた。彼女は自分の中に閉じこもった。静寂と時計のゆっくりとしたリズムが彼女を包んだ。机の上に頭をのせると、冷たくて、少しほっとした。

床も壁も天井も次元もない。何もかもが白く、彼女自身も顔だけが露出した白い服を着ていた。ポリエステルのスーツが、頭も含めて髪をまとめ、彼女をすっぽりと覆っていたのだろう。彼女はしばらく動かずに、壁、床、天井の白に溶け込み、ほとんど消えてしまった白い手を眺めていた。彼女は目を見開き、ゆっくりと振り返った。彼女は目を凝らして周囲の白い無を観察した。

彼女の輪郭はモノクロームの次元にほとんど溶け込み、相殺されていた。

「ここにいたくない！オフィスに連れて行って！

「彼女の言葉は白い壁にぶつかった。

彼女は次元が変わるのを1分間待ったが、何も起こらなかった。

声が近づいてきた。変調された音のようだった。彼女は動かずに耳を傾けた。

「お許しください

彼女は目を細め、集中しようとした。一歩踏み出すのも、落ちるのも怖く、宙ぶらりんになり、パニックになりそうだった。

彼女はかすかに、全体が反射する白い素材で覆われ、口の輪郭らしきものがかすかに明暗している人影を見た。その人影はモノクロームの次元と完全に融合していた。

"あなたは誰？"

"知ってるでしょ"

「いや、知らない！ちくしょう！オフィスにいたのに、どうしてこんなことになってるんだ！"

「クリスだ

"私を連れ去った場所に戻して！"

「私はあなたの心の中にいて、あなた自身の投影であり、あなたの恐怖であり、苦悩なのです。私ではなく、あなた次第なのです」。

「嘘だ！この薄汚いものめ、今すぐ私を連れ戻せ！」。

「明晰夢とは、あなたの願望を現すものだということを忘れないでください。明晰夢をコントロールし、潜在意識に新しい現実を創り出すことができるのです」。

心臓が高鳴り、めまいで頭がクラクラし

、気を失うのではないかと心配した。

「私に話して。

"アンカーを決めて、夢を戻したり修正し

たりする必要があれば、それを召喚する"

「アンカー？

沈黙。

彼女は、口のように見える白い中の明暗

が動いているかどうか、目を凝らした。

"錨"、かすかなささやき声だった。「起

こしてくれ ヘンリー 起こしてくれ、ヘンリー！部屋に戻って、私の腕に触れて、起こして！"

現実ではなく、夢の中なのだから……」。もう行かなくちゃ。愛している。

"ノーーーーッ、あなたは私を愛していない！"

涙はあっという間に流れ落ち、白さの中に消えていった。

"誰か助けてくれ、ここから出してくれ！"

彼女は音を聞いた。足音。

それは生きているマイケルであり、輪郭
が立体的な彼だった。

脚は機能しており、彼女に向かって歩い
ていた。

「助けて、お願い！」。

"それは美しいものになるでしょう、見て
みてください。今、あなたを連れて行き
、一緒に幸せになります、私の女神。"

「はい、お願いします、ここから連れ出
してください」と彼女は手を伸ばし、彼
に触れて自分を地につけようとしました
。しかし、彼は実体のない存在でした。

「ノーーーーーーーーーーーーーーーー
ーーーーーーーー！」

彼女は激しい泣きじゃくりに襲われまし
た。

「ナタリー、ナタリー、目を覚まして。
すべてのポジションはクローズしました
か？」それはヘンリーで、彼女は彼に焦
点を合わせました。彼は彼女の上に寄り
かかり、彼女を揺さぶっていました。

「ヘンリー...」

「あなたは寝言を言っていました、甘い
心、大丈夫ですか？」

ナタリーは自分の手を観察し、それを顔
に持っていき、自分自身をなで、それか
ら髪をなでました。

"何か変よ、ナタリー、何が起きているの
か教えて。私は友達よ、あなたのことが
心配なの"

「ヘンリー、もう放っておいて。熱いシ
ャワーを浴びたい。12時までに戻るわ。
弁護士と約束があるの」。

彼女は立ち上がった。ヘンリーの気遣い
が彼女を悩ませた。

「ヘンリーの気遣いが彼女をいらだたせ
た。

クリスに会って話をしなければならない。クリスに会って、彼と話さなければならない。状況をコントロールする方法を理解することが、後腐れなく利益を得るためには不可欠だった。

彼女はバーに向かった。彼はいなかった。彼女は彼の家に向かった。

何度かノックしたが、返事はなかった。ドアは基本的な木製のもので、逆L字型のシンプルな鉄製の取っ手がついていた。

ブラインドが下ろされ、家の中は薄明かりに包まれた。彼女は敷居に立ち、暗闇に目を慣らした。

リビングルームの肘掛け椅子に座り、頭を前に倒している彼を見た。彼女は黙って彼の方へ一歩近づき、ゆっくりと動く彼の靴を観察した。その靴は、先端から色あせ、白色に向かって逸脱し、同心円状の光線を放ち、彼女の目の前の光景を白く染めていた。彼女は威圧感と警戒感を感じながら、自分の手を見つめた。彼女にはもはや指も手首も前腕もなかった。それらは白のなかにあった。クリス自身が消えていた。

"お前だ、くそったれ、殺してやる"

彼女はもう一歩無次元に踏み込もうとしたが、めまいとパニックで断念した。顔だけがその外に残った。

「お前だ！殺してやる！聞こえるか？今すぐ連れ戻して！"

沈黙。

白は彼女の周り、上、下、そして後ろに
も広がっていた。彼女はじっと立って待
っていた。

「私はここにいる、ここにいる」クリス
の声が聞こえた。

「なぜこんなことを？それは質問ではな
く、荒涼とした実感だった。

「わざとじゃないのよ、ナタリー。私は
あなたを愛している。パラダイムのせい
よ。違うことはできない。私の遺伝子は

、何年にもわたる、どうしようもない失敗を孕んでいる。私の遺伝子はそうプログラムされている。潜在意識を書き換えるためにあらゆる方法を試したが、パラダイムが不一致なので失敗した」。

「クリス、私はここで死ねるのか？

「そうだ

「現実でも死ぬのか？

「そうだと思う

「これから私をどうするつもり？

"私の奴隷にするか、狂わせてやる"

"私はあなたの奴隷です、それは明らかです、でもお願いです、私を私の次元に連れ戻してください、この白を取り除いてください"

涙がこぼれた。

「一つずつね。あなたはまだ本当にそれ
を望んでいない"

「誓うよ、クリス、本当に望んでいるん
だ。お願い、耐えられない。めまいがし
て、パニックに襲われる。どうか、せめ
て床を見せてください」。

"一度に一つのことを"

「わかった

「従順なあなたが好きなの。

ナタリーの喉の奥で喘ぎ声が上がり、酸性の胆汁が口から溢れた。彼女は胃液をこらえた。

「どこにいるの？見えないけど、聞こえる。どこにいてもおかしくない。

「食べなさい

"えっ、白以外何も見えない"

彼女の目の前に、白いライスの乗った白
い皿と白いプラスチックのフォークが、
彼女の手の高さまで現れた。

"食べなさい"

"手が見えない。フォークを持てるかどう
かわからない。"

"食べなさい、あなたならできる"

彼女は手を伸ばし、フォークに触れたと
たん、フォークはかすかな明暗のコント
ラストを帯び、その輪郭を見分けること
ができた。

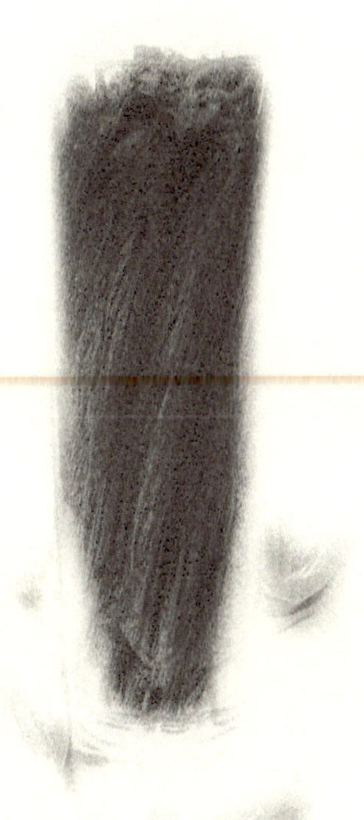

彼女はライスをフォーク一杯に取り、口

に運んだ。

彼女は吐きそうになったが、フォークを口に入れ、ゆっくりと噛んだ。ライスは温かく、ほのかにバターの風味がし、でんぷんと湯気の香りを放っていた。

彼女は飲み込んだ。

「完食。

「よくできました。さあ、服を脱いで」

。

「でも自分も見えないし、あなたにも見えない。要点は何ですか？

「ポイントは命令に従うことだ。言っただろ、興奮するんだ。あなたの上でイッて、まだ堕ろせてないお尻に私の種を塗りたくろうと思ってるの」。

ナタリーはまた、空っぽのまま飲み込んだ。

抑えきれない恐怖が胃から喉にかけてこみ上げてきた。

"わかった、服を脱ぐわ、でも私の体を見せてくれたら、私も興奮するわ"

「その通り、服を脱いで。あなたが楽しむのは久しぶりでしょう？本物の男と"

「そう、久しぶりね。その通りよ」彼女

は呆然と答えた。

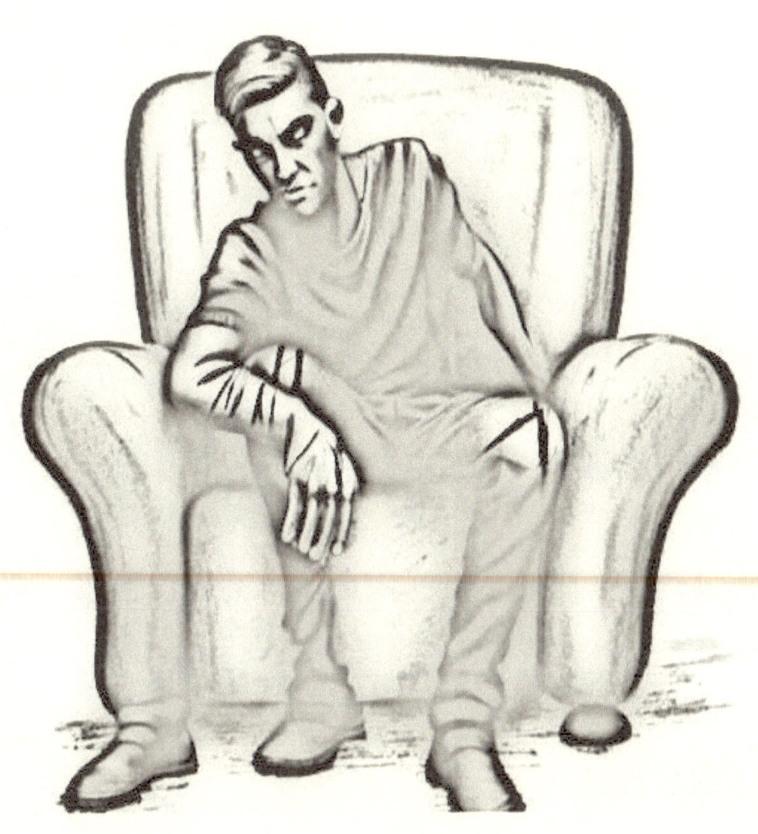

「そう、久しぶりね。その通りよ」彼女

は呆然と答えた。

彼女はその朝着ていたはずのハイネックのウールのセーターに手を伸ばした。産業機械で精巧に織られたウールは柔らかく、軽い。彼女はそれをつかんで頭から脱いだ。

その下にはスポーツブラを着けていたが、その輪郭は見えなかった。

「雨戸が下ろされ、家の中は薄闇に包まれた。彼女は敷居に立ち、暗闇に目を慣らした。

そこで彼女は、彼が肘掛け椅子に没頭し、頭が体の上に垂れ下がっているのを見た。彼女は黙って彼の方へ一歩近づき、ゆっくりと動く彼の靴を観察した。その靴は、先端から白色を帯び、同心円を描き、彼女の目の前の光景を白一色に染め上げた。彼女は威圧感と警戒心を感じながら、自分の手を見た。しかし、そこにはもはや指も手首も前腕もなかった。白のなかの白だった。クリス自身が消えていった。

「呪われたあなたですか？殺してやる」と彼女は言い、無次元の空間にもう一歩踏み込もうとしたが、めまいとパニックが彼女を止めた。彼女は顔だけをその外に出したままだった。

「私はここにいる、ここにいる」クリスの声が響いたが、彼女はその音がどこから聞こえてくるのか理解できなかった。

"なぜこんなことを？"　それは質問ではなく、寂寞とした実感だった。

「わざとじゃないんだ、ナタリー。私はあなたを愛している。それがパラダイムなんだ。私の遺伝子は、何年にもわたる、どうしようもない失敗を孕んでいる。

私の遺伝子はそうプログラムされている
。私の遺伝子はそのようにプログラムさ
れている。可能な限りあらゆる方法で潜
在意識を書き換えようとしたが、パラダ
イムが不調和なので失敗した。

　「クリス、私はここで死ねるのか？

"そうだ"

　「現実でも死ぬのか？

「そう思う

「これから私をどうするつもり？

"私の奴隷にするか、狂わせる"

「私はすでにあなたの奴隷です。でもお願い、私の次元に帰して、この白さを取り去って"

ナタリーの目からこっそり涙がこぼれた。

"一度に一つずつ。あなたはまだそれを心から望んでいない"

"誓うよ、クリス、僕は本当にそれを望んでいるんだ。お願い、耐えられない。落ちているような、宙吊りのような、めまいのような、パニックのような気分だ。お願いだから、せめて床だけでも見せて。"

"一度にひとつずつ"

「わかった

「私はあなたが従順なのが好きです。そしてこう続けた。"今、自分を撫でているんだけど、君の手つかずのお尻の上でイキまくりたいんだ"

ナタリーは空しさを感じ、飲み込んだ。

「どこにいるの？見えないけど、感じるわ。あなたはどこにでもいる。

「クリスは言った。

「えっ、白いものしか見えないんだけど

」。

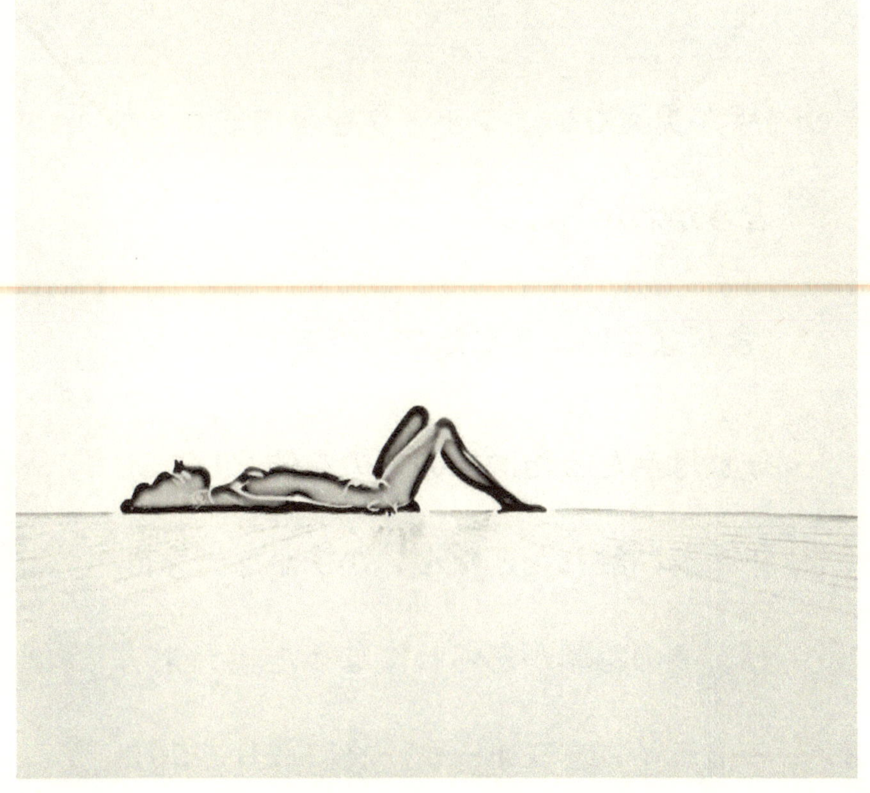

彼女の目の前に、白いご飯の入った白い皿と白いプラスチックのフォークが現れ、彼女の手の高さに置かれた。

「食べなさい」。

"手が見えない。フォークを手に取れるかどうかわからない。"

"食べなさい、あなたならできる"

彼女は手だったはずのものを伸ばし、フォークに触れたとたん、かすかな光を帯び、その輪郭があらわになった。ナタリーはライスをフォーク一杯に取り、口に運んだ。ライスは温かく、バターで軽く味付けされ、でんぷんと湯気の匂いがした。

「やったわ」と彼女は言った。

「よかった。さあ、服を脱ぎなさい」とクリスは命じた。

「でも、私は見えないし、あなたも私を見ることはできない。何が言いたいんだ？

「ポイントは命令に従うこと。さっきも言ったけど、興奮するんだ。あなたが楽しむのは久しぶりでしょう？本物の男と"

"ええ、久しぶりです。そうですね」彼女は生気を失って答えた。

ウール混紡のタートルネックセーターがあるはずの場所に、彼女は手以外の指を持っていった。彼女は指先にその感触を感じた。ウールは柔らかく、しかし軽く、工業用機械で精巧に織られていた。ナタリーはそれをつかんで頭からかぶり、下からスポーツブラを見せた。しかし、

彼女は自分の体型の輪郭を見ることがで
きなかった。

"お願い、私もオナニーしたい、手伝って
くれたら、ジーンズを脱ぐわ、興奮して
るの、あなたが欲しいの、クリス"

"やっぱり心の底ではビッチだったのね"

ナタリーは彼の沈黙を感じ取り、息を止
めた。

「私は騙されないわ、あなたは売女よ、
ただ私を自由にしてほしいだけでしょう
？いいえ、わかってください、いいえ、

私はバカではありません、**私はバカじゃ
ない！騙されない、騙されない！**"

"何を言っているのか理解できない。二人
で楽しむつもりだったし、あなたが失敗
だとは思わない！今日も大儲けした。"

"止めろ、止めろ、理解しろ、止めろ"

「いくら稼いだか知りたい？いくら稼い
だのか..."

"黙れ、このクソ売春婦、裸になれ！"

ナタリーは額に汗をかき、パニックで数
秒間呼吸が乱れた。

「わかったわ、クリス。

ナタリーはゆっくりと呼吸することを強いた。恐怖を抑えようとした。

ためらいがちに両手を腰にやり、白い制服のズボンの綿のボタンを感じた。彼女はボタンを外し、両端をゆっくりと腰の下に滑り込ませた。その間、彼女は疾走から回復するように、あるいは息を止めるように、あるいは重いものを持ち上げるように呼吸をした。

ゆっくり。

息をして。

「ほら、いい子だ。自分では見えないけど、私には見える。

彼女はローファーを脱ぎ、ズボンを脱いだ。彼女はバランスを崩すのを恐れた。白い虚空が彼女の下に、横に、上にあった。

彼女は部屋に入り、クリスは眠っていたが、彼女は起きていた。彼は部屋にいて、肘掛け椅子に座っていた。彼女は部屋の中で入り口に立ち、そこから動かなかった。彼女は固く目を閉じた。

白はそこにはない。

白はそこにない。

そこに白はない。

彼女は目を閉じ、片足を動かし、不確か
な一歩を虚空に踏み出した。

リノリウムの床に足をかけた。それは堅
固で、その部屋に何百万人も入ってきた
不潔で、ちりばめられた、悪臭を放つ床
だった。クリスが居眠りをしている肘掛
け椅子は彼女の目の前、暗闇の中にあっ
た。暗闇の中で眠るクリス。

彼女は下着姿だった。幸いにもスポーツ
用の下着で、裸足だった。

そして、彼女にはアドバンテージがあっ
た。クリスは気づいただろうか？

彼女は静かに部屋を観察した。すべてが静寂に包まれていた。

ブルック・シールズが壁からウインクした。

彼女は静かに彼に近づいた。

古い革張りの肘掛け椅子の壊れた座面にうつぶせになった彼の姿に、彼女はそびえ立つように彼の上に立った。

彼の頭は垂れ下がり、両腕はぐったりと脚の上に放置されていた。

彼女は両手で片方の手首をつかみ、もう片方の手首をつかんだ。

指先にざらざらとした感触があり、彼女
は注意を促した。

血のかさぶただった。

彼女は彼の綿のTシャツの袖をきちんと引
き上げた。

手首にはそれを囲むように大きな打撲の
跡があり、ところどころ皮膚が擦り切れ
、凝固した血のかさぶたが目に見えた。

その驚きは彼女の血と動きを凍りつかせ
た。

彼女はシャツの襟元から髪の生え際にか
けて現れた皮膚の斑点を観察した。暗闇
の中で見分けるのは難しかったが、彼の

青白い肌に大きな青いあざがあるように見えた。まるでロープが彼の首を絞めようとしたように。

彼女は離れた。

「ちょっとキスしてあげれば、目を覚ますわ」ポスターのブルックが甘い声で言った。

"子供ってみんなそうなんだよ、いいところにキスしてあげれば目を覚ますんだ"

ノーーーーーーーーーーーーーー

「私は夢の中にいる。私は夢の中にいる。

彼女は、テーブルの上に無造作に置かれ
た白い皿を見た。

部屋が再び白み始めたとき、私は鋭利な2
つの破片を手に握りしめた。私は理解し
なければならなかった。私は乱暴に陶器
の皿をテーブルの角に叩きつけた。割れ
た皿の破片とともに、ご飯が床に散らば
った。私の手には長く尖った破片が2つ残
った。つま先立ちで素早く白から離れ、
私はクリスに近づいた。

私は最初の破片を、膝の上に休んでいる
彼のぐったりした手に突き刺した。血が

私の顔に飛び散った。私は手の甲でそれを拭った。彼は動かず、目を覚まさなかった。

再び白が私たちを包み込み、クリスはアームチェアー、彼の傷ついた手、そして血まみれの肉体に真珠のように埋め込まれた破片とともに再び吸い込まれた。私は凍りついた。足が消え、次に胴体、胸、腕、手首、そして片手が消えた。もう片方の手はもうしばらく私の前に残っていた。背中に大きく開いた傷口からは大量の動脈血が噴出し、斜めに裂けた傷口はどこからともなく開き、小さな噴水の

ように噴き出していた。そしてゆっくり
と、痛みもなく、最後のファランクスも
飲み込まれた。

"すぐに起きろ！"

「もう二度と目覚めることはないだろう
。

"うそだ、うそだ、くそったれ！"

「私を傷つけやがって、このアマ」彼の
声は雷鳴のようだった。

「私は自分を守らなければならなかった。目を覚ましたい、もっと稼ぎたい。今日どれだけ稼いだと思ってるんだ？

"ここではそんなことはどうでもいい"

「385,070ドルだ」と私は言った。

「これで私の気を引いたし、ゲームを再開しよう」と彼は答えた。

「わかった。私はあなたに与え、あなたは私に与える"

「あなたは何も求めることはできない。私は命令する、君は点、私は神だ""Okay, okay, tell me, and I'll do it."

動けない。めまいが「お願い、教えて。服を脱ぐべきですか？アソコに指を入れるべき？お尻に指を

入れる？お好きなようにしてください。

「はい、全部脱いで足を広げて」と彼は
答えた。

「できない、動けない、そうしないと倒
れちゃう、動けない」と彼女は抗議した
。

「まず服を脱いで、あとはそれから考え
よう」と彼は命じた。
息を吸って、吐いて、吸って、吐いて。

吸って、吐いて、吸って、吐いて、吸っ
て、吐いて。

「栄枯盛衰のパラダイムを超え、失敗や
損失のパラダイムを超える金融商品があ
るのです」と彼女は説明し始めた。

その間に、彼女は下着に手をかけ、コッ
トンで柔らかいゴムのついた下着を触り
、お尻から下げた。

「よくできました。

「この商品はオプション、特定の資本保険契約、特にバニラ・オプションです。市場がロング・ポジションであろうとショート・ポジションであろうと、バニラ・オプションでは常に利益を得ることができる。

彼女の両手は背中に回され、スポーツブラの留め金を外し、腕から外した。

「君はとても美しく、魅力的だ。

"バニラ・オプションは、市場のトレンドがわからないとき、いつでも避難所を見つけることができます。" "市場の誰もが常に保険、保護を必要としているので、彼らは信じられないほどの汎用性でパラダイムを凌駕しています。"

"さあ、じっと立っているときでもいいから、自分のスリットに手全体を入れて、自分に触れてみてください、私には見えています"と彼は指示した。

「市場の動きが速かろうが遅かろうが、バニラオプションは常に利益を上げる。

「君の上で、君の中でイキたい、夢みたいだ」彼は優しく笑った。

「この信じられないような金融商品の唯一の可変パラメータは時間である。

クリスの声はステレオではなく、単指向性だった。そしてその方向は彼のものだった。

ナタリーは白い手の中にある自分の手か
もしれないものをちらりと見た。しかし
、彼女は何か重要なものを握っているよ
うな気がした。何か重要なものを。

クリスは彼女に息を吹きかけ、彼の口か
ら発せられる言葉の温もりを感じていた
。温かい息、悪臭。

"君はとても美しい、君の濡れたアソコは
オアシスだ、ついに君は僕のものになっ
た"

あなたの右手には鋭利な陶器の破片があ

る。

終わりにしてくれ。

"だから最初は、あなたを信用できなかっ

たから、バニラオプションを1万枚買った

。

彼女はその破片を喉元に向けた。

終わりにしましょう。

終止符を打つ。

終わり。

彼女は尖った破片を頸動脈に突き刺した

。

クリスのキアロスクーロの顔に。

血の気の失せた彼の顔に。

「何をした？クレイジー！"

"グルルル"

ナタリーは、クリスの孤独という汚れた

部屋によって彩られた、反射するぼやけ

た白の中に落ちた。薄明かりの中で。

HELP

彼女は破片が喉に刺さったまま、裸で汚

れた床に倒れこんだ。

その汚い床の上で。

肘掛け椅子に沈んだクリスの喉に、大きく深い傷が開いた。Tシャツの上では、小さな静脈河によって赤い色のプールが拡大した。

ナタリーは目を細めた。

ナタリーは目を細め、目を閉じたまま死んでしまいたいと思った。

彼女の指は、彼女の血で濡れた、動かなくなった破片に触れた。人生はどんどん遠ざかっていった。フェラーリに乗り、アイスランドに行きたいと思っていた。

あなたは夢の中にいる。ベッドで目を覚まます。何も起こらなかった。この日は夢の中。あなたは3日前に泊まった。クリスも、この腐敗した部屋も、あのくだらないポスターも、あなたには存在しなかった。夢だ。あなたはベッドで目を覚ました。

夢だ。あなたはベッドで目覚める。フェラーリを買う。アイスランドに行く。

第十章

"いつからお嬢さんを見なかったのですか
？"

ヘンリーは両手を合わせた。

「3日間です、彼女らしくないのは確かで
す」。

警部補は勤勉だが単調で、経験の少ない
髭のない若者だった。

「あなたの上司と話せますか？

"まず、行方不明者届を取り、それから様子を見ます。最後に彼女を見たのはいつですか？いつ彼女と話をしましたか？

"事務所で、彼女は3日前に興奮していました。先週の木曜日です。先週の木曜日、彼女は12時のミーティングに戻るはずだったのですが、それを欠席しました。金曜日に来なかったので、休みたいのかと思ったが、誰にも連絡しなかった。何度も電話したが、彼女の電話はいつもオフだった。家に行っても、返事もしないし、ドアも開けない。だから心配になったんです」。

「親戚はいますか？

「私の知る限りではいない。両親は亡くなっていて、ボーイフレンドもいないし、私の知る限り友人もいない。働いているし、勉強もしているし、ペットもいない。

「はい、行きます」。

「住所は？

"ええ、もちろんです、教えてください"

「623ブロードウェイ、ニューヨークのど真ん中。5階です」。

「はい、わかりました。彼女の携帯番号も教えてください、電話してみます"

"+1 234 798 637."

「宣誓供述書にサインしたら、帰っていいよ

ヘンリーは立ち上がると、ナタリー・ミンゲリが出勤していないことを記した20行の宣誓供述書を読み上げた。

「ナタリー・ミンゲリは出勤していない。彼女らしくない！" 彼は声を荒げた。

「落ち着いてください。手順通りに最善を尽くします。では、行って結構です。ご協力ありがとうございました"

ヘンリーは制服姿の少年を少し観察し、部屋を出た。

彼は彼女のことを何も知らないと思った。結局、彼らが正しかったのかもしれない。おそらく彼女は出会い系で誰かと知り合い、週末に家出したのだろう。

傘を開いて車に向かうと、降り続く雨がニューヨークの街を濡らしていた。彼女はすぐに戻ってくるだろう。

結局のところ、他にどこで彼女たちのような、感情にあふれた仕事を見つけることができるのだろうか？

終わり

Viktor A. King

ヴィクトル・A・キングは、ニューヨーク市のにぎやかな通りから出身の多作なパルプ作家でした。彼はペンを手に生まれ、飽くなき想像力を持って生まれ、文学界で独自のニッチを切り開きました。彼のキャリアを通じて、キングはミステリー、陰謀、そしてダークファンタジーの物語を見事に紡ぎ、世界中の読者を魅了しました。

彼の最高傑作「Veil of Shadows」は、5つの魅力的な巻で提示された壮大な連載小説でした。この物語は、謎めいた主人公である大胆な刑事セバスチャン・ブラックウッドが、影に包まれた隠れた裏世界の邪悪な秘密に挑む様子を追いました。『Veil of Shadows』の各ページは、入念にレンダリングされた木炭のイラストによって生き生きとしたものにされ、物語に不気味で魅力的な次元を加えました。

キングの作品の魅力は書かれた言葉
を超え、彼はオーディオブックの領
域に踏み込みました。彼の共鳴する
声が、リスナーを物語の核心に運ば
せ、プロットが厚みを増すにつれて
彼らの背筋を震わせるほどの説得力
で恐ろしい話を朗読しました。

「Veil of Shadows」の評判が広まる
につれ、この小説は世界中の読者と
リスナーの心を捉えました。小説の
人気は急上昇し、やがて多くの国で
ベストセラーになりました。評論家

たちは、キングがサスペンス、ミステリー、予期せぬ展開を織り交ぜる能力を絶賛し、彼の執筆がパルプフィクションの世界で真の傑作であると賞賛しました。

成功にもかかわらず、ヴィクトル・A・キングは謎めいた存在でした。彼はスポットライトを避け、タイプライターと彼の想像力を燃料にする影を好むことから、彼の人物に神秘的なオーラが漂っていました。彼の隠遁的な生活についての噂が広まり、彼の人物に神秘的な雰囲気が加わりました。

年月が経過するにつれて、キングの遺産は受け継がれ、「Veil of Shadows」は新しい世代の読者とリスナーを引き続き魅了し、新たな時代に語り続ける永遠の名作となりました。ヴィクトル・A・キングの作品は物語の力の永遠の証拠として、彼の名前をパルプ文学の歴史に永遠に刻みました。

影のヴェール V

目覚めないで

暗黙の共鳴

ブラックレッド ブラッドホワイト

LIFE OF ✏ STARS

電子書籍、印刷書籍、オーディオブ

ックで入手可能

印刷 2023年6月

悪夢は私たちの中にある